CB126474

francisco mallmann

é graduado em Artes Cênicas pela Faculdade de Artes do Paraná (FAP) e em Comunicação Social — Habilitação Jornalismo pela Pontifícia Universidade Católica do Paraná (PUC-PR). Atua na intersecção entre poesia, performance, dramaturgia, filosofia e crítica de arte. Desenvolve pesquisas sobre crítica e curadoria de arte contemporânea e colabora com diversos coletivos, companhias e grupos em Curitiba. É artista residente da Casa Selvática, onde idealizou a *Membrana*, uma grupa crítica-afetiva de escritorxs, ouvintes e leitorxs. É idealizador e editor do site de escritos críticos e reflexivos de/em artes cênicas *Bocas Malditas*. Atualmente é mestrando em Filosofia (PUCPR).

HAVERÁ FESTA COM O QUE RESTAR

francisco mallmann

outono
[hemisfério sul]
editora Urutau
primeira edição
2018

O —

editora Urutau

avenida peirao besada, 6 - 2D
36163 poio (pontevedra)

rua adolpho arruda, 41
jardim das laranjeiras 12910 455
bragança paulista-sp
brasil

[+34] 644 951 354 [galiza]
[+55] 11 9 4859 2 426 [brasil]

www.editoraurutau.com.br
contato@editoraurutau.com.br

[EDITORES]
tiago fabris rendelli & wladimir vaz
[REVISÃO]
beatriz regina guimarães barboza

dados internacionais de catalogação na publicação (CIP) de acordo com ISBD

mallmann, francisco
M254h haverá festa com o que restar / francisco mallmann —
bragança paulista-sp: editora urutau, 2018. 104 p.; 14x19,5 cm

ISBN: 978-85-69433-92-7

1. literatura brasileira. 2. poesia. 3. poema I. título.

CDD: 869.1
CDU: 821.134.3(81)-1

elaborado por vagner rodolfo da silva — CRB-8/9410

índice para catálogo sistemático:
1. literatura brasileira : poema 869.1
2. literatura : poesia, poemas 821.134.3(81)-1

sumário

I

a história do amor

*

os meninos
não amei quando
eram meninos
e queriam me matar

amei quando não eram

os homens
não amo quando
são homens
e querem me matar

amo quando não são

*

se eu te soubesse indo embora
eu teria ido até a esquina e
olhado para trás só
para ter essa imagem
antes de você

*

conheço
seus poemas
você não

*

aqui
chegamos ao ponto
em que atirar-me aos cães
é
estar ao seu lado

*

os meus esforços estão
em te mostrar que
'eu' significa
'eu não sou você'

*

teremos de falar sobre
isso em algum momento
nós precisaremos tocar
bem no centro desse corpo mas
não mata por favor não mata

*

você me cortava ao meio
para saber se alguma
coisa mudava mas eu
continuava eu

*

eles têm as armas
e eu tenho o sangue

é essa a nossa diferença

curitiba

o amor é história para se viver com pele
vá tirando os casacos

*

era isso se espatifar

encontrar um pedaço seu
do outro lado do cômodo
e convidá-lo para dançar

*

amor é bicha instruída

foi quase isso o que disse
drummond não foi

*

ou tu no outono

para compensar
as estações em
que não estiveste

*

meu corpo também guarda o gesto contrário

*

alô
armando
armando, é você
armando, estamos
armando uma arapuca

cuide-se

*

você me segue esperando o
momento do tropeço mas

do chão eu sei
do chão eu passo

*

não sei
atravessar a rua
flertar
te fazer sorrir
moço, moro ali atrás
à esquerda
mesmo usando palavras
é cinza

*

eu acho que isso você já ouviu
de que seu rosto é de uma beleza
anterior às banalidades que me
fizeram subir imprudente
esses degraus

você ainda parece você

definição de limites

eu aceito o papel
de confidente de ombro
eu aceito o papel
de travesseiro e copo d'água

mas não diga que me ama

*

separar o
choro da
chuva

*

não vou
perpetuar a imagem
já tão difundida
de nós chorosas
lamuriosas não
no entanto não posso
negar a aptidão que
tenho para as lágrimas
não vou
falar sobre gerações
globalizadas mas
posso te mostrar
os meus cadernos
depois do beijo
de língua

*

nessa hora
agora
falar das urgências
não morrer
desentocar corpo
e grito

*

quando você morreu eu achei que minha cabeça
ficaria baixa até que eu pudesse te ver atrás do chão

quando você morreu eu não quis morrer com você
eu quis descansar até esquecer o seu e o meu nome

*

as minhas costas doem
estou preparando um
presente para você
fazia muito tempo que
eu não punha as mãos no
meu rosto vou dizer de novo
que sou uma fraude você
então vai responder que
se eu sou uma fraude você
também é e isso faz de nós
uma dupla fraudulenta

*

e então limpar todo o sangue imaginário
a sujeira que se fez
a vida essa coisa imunda
meu bem, eu te peço que encontre frieza
para cruzar os trópicos nessa época do ano
um aeroporto é o pior lugar para se
jurar amor eterno mas eu
estou tentando

américa

talking about faggot poetry
versos de marica
poesia bicha
sabes what i mean
fala de mí
animal hermoso
colonizado
uncivilized
piel de oro
dentes bons
mad and healthy
híbrido fronteiriço
what's your name, cariño
cómo te llamas, baby
me deixa em paz

*

é que se eu ganhasse
não seria seu jogo

pergunta

se te falo
índio meandro
escafandro marginal
se te falo
falta de ar melancolia
androginia boca cu
se te falo
dente solidão
coração bofetada
se te falo
transe punheta
caneta suicídio
se te falo
você me ouve

*

cuidado com as pessoas que
caem aos pés de outras pessoas
por tropeço pressão baixa
desmaio amor e
outras fatalidades

*

então você se diz
artista eu também

e isso não é nenhuma vantagem

*

querido, te envio da argentina
dois lencinhos bordados por dona eva
pedi que fizesse o que quisesse
es para mi gran amor, eva
querido, te envio
paisagens pastoris.
isso porque, imagino,
essa senhora do primeiro andar, deve achar
que amar é tomar distância, habitar os
campos vazios, ir sem medo rumo a
imensidão, ser inevitavelmente sozinho.
ser simples (*difícil, difícil, difícil*).
querido, te envio lencinhos que
quando me entregaram, na hora do almoço,
embrulhados em seda, agradeci com poucas lágrimas.
mas eu sabia que ao escrever essas palavras
esses papéis iriam encharcados.
querido,
te envio palavras, será
tentativa vã engrossar a pele a
fim de evitar os tiros? será para sempre
triste o caminho entre eu e o outro?
ontem corri durante uma hora perdido

na região central você não estava lá
querido, você não está.

*

a bicha morre, outra vez, ao som de alguma música brega, ela chora antes de ir, ela se arrepende por muita coisa, ela não se arrepende da própria vida, ela chora pelo modo como a vida foi inscrita no espaço que lhe coube, tanta coisa por fazer, ela não vai se desculpar, ela aprendeu a responder às pancadas, a bicha morre, outra vez, ao som de sirenes e insultos, nenhum motivo para parar o trânsito, solicitar luto, cogitar políticas, reformar sistemas, mudar mentalidades, alterar culturas, a bicha morre, as amigas sofrem, alguns outros lamentam, secretamente aliviados por não serem eles, os seus filhos, seus amigos, as pessoas próximas, algum tio, primo, cunhado, foi aquele lá, aquele rapaz, a bicha morre, e é claro, afinal, a vida dela, provavelmente é um horror, essa bicha que morreu, provavelmente envolve drogas e depravação e ela provavelmente deveria ter algum caso, algum amante mais velho, talvez um pai de alguma família, algum garoto carente, a bicha que morreu, ela, eu acho, era estudiosa, muito atormentada, eu acho que ela era muito sofrida, ela era uma jovem realmente triste, depressiva, a bicha que morreu, a bicha morre e alguém diz que pena elas são tão divertidas, as bichas, elas são tão animadas, tão para frente, a bicha morre, ela deve ter provocado algum homem, deve ter imitado uma putinha, ela deve ter sido bem safada, a bicha morre, talvez ela tenha até merecido, eu acho que mereceu, foi deus, diabo, sei lá, a bicha morre, e alguém respira melhor porque isso é um câncer, não sei o que houve com o mundo, a bicha morre, acho que tiro, espancamento, linchamento, a bicha morre e a família coitada, devia ser terrível, a bicha morre, deve estar em algum lugar melhor, acho que não no céu, acho que mais para o inferno, a bicha morre, cheia de bens, abarrotada de coisas, cheia de joias, a bicha morre, ela era um risco, ela era um perigo, a bicha morre de aids com certeza, com certeza é aids, o nome dela, ninguém sabe, a bicha morre e ninguém perguntou da onde vinha, para onde queria ir, a bicha que morreu era meio anônima, meio mendiga, não veio ninguém dizer que sabia, que conhecia, a bicha morre, pele preta suburbana, corpo caído, no meio do mundo, no meio da rua, a bicha morre e só dá pena medo e nojo, a bicha se morresse de amor ninguém saberia.

II

se trocássemos as nossas feridas

*

escrever em lenços umedecidos e
esperar secar

escrever em sacos de pão e
comer

escrever em contas atrasadas e
não pagar

escrever em catálogos de exposições e
tropeçar nas esculturas

escrever em segundas vias e
passar no crédito

escrever em cartões postais e
cobrir a paisagem

escrever em ruas asfaltadas e
aguardar o atropelamento

escrever em vidros e
limpar com vidrex

escrever em livros publicados e
se tornar coautor

escrever em muros e
assistir à demolição

lição de português

a minha língua quer dizer no feminino
ela quer o plural no feminino minha língua
quer dizer Muitas sem que muitas signifique
Elas ela quer poder dizer elas incluindo
Todas que por sua vez eram Todos
sem que para isso seja preciso o
O do todos ela quer pôr um X a
minha língua quer pôr um E um A no
lugar do marcador O ela quer desmarcar o
O do homem do centro da língua

a minha língua quer ser inteira feminina
a minha língua quer ser inteira infinita

estejam preparadas

*

não sei se queria ser homem
não sei se queria ser mulher
não me perguntaram
não sei se queria estar entre
duas coisas tão frágeis duas
ideias que se desfazem na vida
nesse dia camisa água céu azul
sandálias velhas e café com muito
açúcar paisagens da américa do sul
não sei se gostaria de alimentar
assim os três amores que agora tenho
que dividem espaço no peito
quando empresto rosto ao que chamam
delicadeza dizer palavras em português
justificar os sentidos dos ofícios
a que estou me dedicando não sei
fosse de escolher escolheria
talvez peça inanimada talvez
objeto inútil decoração
luz de poeira caco de vidro
casa pré-fabricada
lustre em salão antigo
vestido de paetê vassoura

algo que não demandasse
energia explicação explanação
discurso coerência algo que não
precisasse nunca elucidar motivos
responder questões não sei
o que é você e quem é você e como
chegou até aqui e para onde é que
vai desse jeito tão estranho
por que é que você não se parece
com todo o resto com tudo o que há
por que você não sabe de nada nunca
por que não sabe se queria ser homem
se queria ser mulher o que queria
ser incógnita por quê

os pais dos meus pais

me disseram recentemente
que na indonésia ainda
é possível encontrar altares
para os deuses da casa os
ancestrais tem um lugar
às vezes entre a cozinha
e os quartos às vezes
em um jardim a questão
é que eu não me lembro dos
rostos dos meus avôs e
talvez seja por isso que
a caveira de são jerônimo
chegou na renascença e até
hoje você segue sorrindo e
talvez seja por isso que ainda
está no sonho o professor que
não naturalizava a morte e bem
ao contrário disso falava sobre
o escândalo o extraordinário dela
ele dizia "uma vida chama
sempre uma morte e isso não
significa que não iremos continuar
chocados" e talvez seja por isso que

eu encontrei na avenida a mulher
despida que gritava aos passantes
"ninguém vai tirar o grande mistério
de dentro de mim" e foi isso o que
eu pensei quando aquele homem que
dirigia a carruagem percebeu que cada
cavalo o levaria para um lado no exato
instante em que ele esqueceu que
tinha as rédeas nas mãos então
fechou os olhos e sussurrou um nome
era o seu e já faz tanto tempo que
tales de mileto disse que tudo está
cheio de deuses e já faz tanto tempo
que a idade média aconteceu e já faz
tanto tempo que eu te vi pegar um
pombo com as mãos e mesmo assim é
preciso sempre ter alguém que nos diga
em sussurro que o que deveríamos saber
é que o tempo da imortalidade já acabou e
agora só nos resta secar as lágrimas uns
dos outros enquanto descobrimos os
melhores jeitos de ir ao chão
talvez por alguns minutos
talvez para sempre

*

tão difícil
ter um corpo
saber da morte
difícil
usar a língua
alcançar a extremidade
atravessar o oceano
tão difícil
avistar o cais
olhar as luzes
difícil
o desprendimento
ir até o último gole
permanecer respirando
tão estranho
as mãos dadas
o amor na curva
estranho
o espelho a frente
o pó no rosto
mapa aberto
tão estranho
contar quilômetros

enumerar vestígios
estranho
abrir a porta
explicar o frio
enganar o acaso

à parte isso
com isso
mesmo assim

cá estamos

*

fica combinado que os incomodados não vão se
retirar os incomodados permanecem para também
incomodar fica combinado que não falo mais com
a voz triste de quem pede desculpas por ter vindo
ao mundo combinamos que não vamos sofrer pelos
automóveis em que não entramos fica combinado que
sofreremos apenas pelas viagens que fizermos aquelas
que de repente parecem o erro mais errado da lista
que chamamos juntos de *Equívocos Da Vida Recente*
depois da hora mais azul de todas as horas azuis fica
combinado que vai estremecer a certeza do lugar-
certo fica combinado que não haverá lugar-certo
combinamos que poderemos ser ao mesmo tempo
sinceros fatais e otimistas até na fila do banheiro
quando você disser "não consigo mais pensar se eu
não usar o banheiro" eu vou dizer "tudo bem" você não
consegue mais pensar mas terei de ser sincero fatal e
otimista agora ficou combinado

*

mas essa história de reviver
reconstruir recompor faz doer
aos que ficam.
toda vez que toco no assunto
me mandam parar.
e eu paro.
preciso dizer, no entanto, o quão
difícil é estar aqui. tentando
fazer algo com isso que é
material bruto. talvez isso também
explique a inaptidão: é material bruto.
essa é a primeira vez que
grito com você. a primeira
vez que conto a história.
não vamos caber aqui.
entendi que não gostam
da petulância que eu tenho.
entendi que me acham pedante. que
riem quando tento soar convincente.
que ficam nervosos quando me veem
adentrar um espaço que não posso.
"é melhor não ir a certos lugares, querido".

mas eu,
talvez tenha esquecido de avisar,
estou aqui para isso.

escuta

a voz da geração perguntaram
qual é a voz da sua geração
eu nem sabia que ainda tinha isso
de voz da geração eu não sei
qual a voz da minha geração
depois de decidida o que acontece
a voz fica dona da geração só se
ouve uma mesma voz essa voz da
geração se torna representante
recolhe assinaturas responde todas
as perguntas a voz da geração eu
não sei bem o que ela faz e se
couber a mim definir a voz da minha
geração eu quero uma voz bicha
afeminada afetada toda rouca uma
voz grossa sapatão voz hormônio
tupi-guarani afromundo aqui
voz portunhol gíria travesti
voz língua morta esquecida
enterrada colônia dourada
uma voz mulher preta para a
minha geração eu escolho
uma voz que ainda vem uma

voz que vai chegar feita de
presenças que já estão de gente
que já foi eu espero uma voz
da geração que reinvente a fala
o falo eu aguardo a voz da
geração eu não sei se entendi a
pergunta qual a voz da sua
geração mas se vocês querem
mesmo saber eu acredito que não
tem única voz a minha geração
ela tem vozes

*

e tudo era para te impressionar
o que eu queria dizer
"o seu coração parece almofada"
mas isso é muito ruim
é horrível
mas se eu tivesse dito
"o seu coração parece almofada"
eu desenvolveria a ideia da almofada
do peito eu desenvolveria a ideia
de me deitar em você
no coração
isso é tão ordinário
tão mesquinho quanto acusar
fragilidade em frente ao público
Se eu tivesse dito
"o seu coração parece almofada"
eu te explicaria a diferença entre
o cansaço e o esgotamento
Porque cansar requer o descanso
e depois do descanso
tudo estabilizado
volta-se para o lugar onde se
estava antes do cansaço

nada novo
o esgotamento
e é isso o que quero que saiba
o esgotamento é sobre
fundar outro chão
é sobre perder tudo
é sobre o extermínio da
acomodação hipócrita
era para te impressionar eu diria
“o seu coração parece almofada”
e depois eu diria

“por você eu me esgotava”

*

agora eu queria o terraço eu queria deitar agora eu queria o maquinário do sonho sem dormir eu queria descansar agora eu queria esquecer eu queria correr sem as luvas agora eu queria te receber sem dor eu queria escrever um poema novo eu queria sorrir com mais dentes agora eu queria uma obviedade que ainda deixasse pairar um mistério ficcional por sobre minha cabeça minha cara agora eu queria pular três semanas eu queria agora desfazer a decisão de nunca mais confundir agredido e agressor agora eu queria dizer uma frase brutalmente simples para depois dela eu nunca mais ter que me explicar

*

eu devo ser um ser do meu tempo
acho que sim
eu provavelmente já compartilhei
mentiras na timeline eu já chorei na timeline
eu faço meu próprio pão
uma receita que aprendi na televisão
eu digo tudo vai mal e curto
a fotografia do perfil
de alguém que quero beijar
eu digo onde é que isso vai parar e vou dormir
porque não vou-me embora para sertão nenhum
continuo sendo ninguém mas continuo
em cidades que tem ruas
com nomes de militares e presidentes
que aprendi a pronunciar

eu devo ser um ser do meu tempo pois
eu leio as previsões das eleições as previsões
do futuro as previsões de 2020
ano em que pela primeira vez
na história do mundo
terão mais velhos vivos do que jovens vivos
e veja só você

a autonomização da arte no século dezoito
nos trouxe até aqui
no rebosteio dos trópicos
para dar explicações primárias sobre
a história da arte dos herdeiros
da aristocracia das belas-artes que segue o
seu processo de venda e capitalização
de práticas e discursos

(que chato você que chata a
sua pesquisa a sua investigação a sua proposição
tem só uma coisa um pouco mais interessante
ali pelo meio
ali pelo fim
quando você deixa de achar que
vai salvar a humanidade que vai mudar tudo)

eu devo ser um ser do meu tempo
e então eu sumo digo estou sumindo adeus
e sumo no privilégio de poder sumir
sem ser sumido

eu devo ser um ser do meu tempo
o meu peito está todo furado remendado e
você não quer se responsabilizar por
sentimento amor nenhum
mesmo assim digita um número me
fala um nome e um sobrenome com os quais
eu posso fazer uma pesquisa na internet e

descobrir seu tipo sanguíneo e o seu
currículo lattes

eu devo ser um ser do meu tempo
eu não acredito em passárgada e nem em inferno
eu não acredito em você e nem no seu pai
eu acendo um cigarro eu estou no centro
uma avenida muito movimentada onde o
café custa dez reais e digo
esse pensamento burguês esse comportamento
burguês não sei o que não sei o que
a minha guilhotina é um espelho
e a minha redenção também
e isso faz de mim alguém que tenta
subverter as instituições das vivências
sempre achando que não fiz ainda o suficiente
sempre achando que estou sendo invasivo
mas sempre tentando me irmanar a outros
sofrimentos menos ou mais hostis com os
quais não me comparo
mas me curvo em ignorância
de não ser e não saber
ser outra coisa que não eu

(e tem sempre uma culpa
encalacrada no centro
de tudo
e tem sempre um sentimento de não
estar apto a nada em definitivo)

eu devo ser um ser do meu tempo porque
no fim de tudo sempre arranjo algum
dinheiro para os livros para as camisas de botão
para poder assinar as petições online
que salvam baleias e democracias
para as viagens para poder morrer de amor
do outro lado do atlântico
onde eu também devo ser do meu tempo embora
uma bicha latinoamericana atrasada mal humorada
deslumbrada continuamente colonizada
uma quase índia quase brasileira
quase qualquer coisa intermediária
estudando gente francesa norte-americana alemã
estudando gente morta convivendo com gente viva
querendo não estar morta

(aqui ninguém vai ser morta digo segurando
a mão das minhas amigas
aqui ninguém vai ser morta e então
brindamos na calçada
com copos de plástico
nada de tim tim o som é outro
tenho rasgado copos enquanto a polícia
fecha outro bar
nada sangra e o que escorre é a bebida pela fenda
de um material reciclável
que jogamos no lixo antes de voltarmos
cada um para sua solidão)

eu devo ser um ser do meu tempo porque
fico em alerta em estado de atenção
porque escrevo no texto de uma peça que
a mulher vai se erguer gloriosa provando
que aqui há um coração mesmo
eu não sendo mulher
embora eu não seja homem

eu devo ser um ser do meu tempo porque quando
eu falo quando eu escuto eu vejo eu sinto
o desinteresse branco o desejo branco
de ser louvado por supostamente ser bom
ainda que de forma retardatária
quando eu vejo eu sinto a apatia masculina a
ontologia nórdica heterossexual a compulsão
normativa
quando eu penso nos alvos da violência a nas
urgências de outras narrativas
eu penso em fogo altas chamas e
explosões

(nada pode sair de bom disso tudo enquanto
não reivindicarmos outra origem outros pontos de
partida e chegada
outra cronologia
outra lente paisagem ideias corpos e instrumentos
é preciso destruir tudo o que eles chamam de
vida morte e amor)

eu devo ser um ser do meu tempo
faço um coque no meu cabelo faço uma fotografia
com o meu celular eu estou atrasado demais
para a moda a coisa dos coques já passou mas
me sinto andróginx e bonitx
me sinto derretendo em sinceridade em projeção
me sinto experenciando a verdade do fracasso
sem o fundo falso de querer acertar
de querer adjetivos próprios ao gênero do gênio
que deixou seu falo gigante no meio do caminho
atrapalhando tudo

eu devo ser um ser do meu tempo eu estou
construindo a minha imagem autônoma
inscrevendo-a no interior de um bando
inscrevendo a possibilidade
de negar a sensibilidade sanguinolenta dos que
assistem à distância as insurgências
eu estou construindo a possibilidade de me
sentir lúcido e poder insultar e ser insultado
visualizando muito bem os traços e os
contornos dos inimigos que nem sempre
são identificados facilmente

(é guerra)

eu devo ser um ser do meu tempo e
se eu for arrastado outra vez eu gostaria de
ao menos saber o nome dos fenômenos que

me tornam motivo de ojeriza e rejeição
se eu abrir a boca eu quero que as palavras
contenham a autocrítica do verbo a dobra
que há em nascer e morrer fazendo sons
às vezes compreensíveis às vezes não

eu devo ser um ser do meu tempo porque os
motivos pelos quais eu falo e escrevo são
os mesmos que me permitiriam o silêncio
transitório ou definitivo
eu sou vítima motivo e consequência
de uma civilização
de colônias transcontinentais
eu fico no meio de uma encruzilhada
um misticismo homicida mestiço que
não me põe nem para lá e nem para cá
das apropriações indevidas
uma mistura que me faz criatura
ordinária e exótica sempre tentando
ainda outra vez para sempre tentando

eu devo ser um ser do meu tempo já que sigo
fazendo a manutenção de um peito em susto
porque calma é sinônimo de propriedade
e eu não tenho nada
eu venho vindo só pele sangue e gozo em fúria
em descontrole
porque berram as minhas cicatrizes
e mesmo assim

me é cobrado o didatismo do sofrimento
por sobre o qual recai sempre uma desconfiança
inaugural de descobridor que
falseia a invasão

eu devo ser um ser do meu tempo porque já
não basta me apresentar em frente aos assassinos
é também necessária a desgastante atividade
de explicar e ilustrar as minhas feridas
e as dos que me acompanham
para sensibilidades onde o
embrutecimento imperou

eu devo ser um ser do meu tempo cansado
e insistente
que nasceu estrangeiro a todas as línguas e linguagens
e que encontra na poesia falada em um
português terceiro mundista falho e insuficiente
um buraco onde tudo pode
começar e terminar
outra vez

(eu quero
a poesia que destrói)

III

trinta bichas vivas

uma homenagem para a angélica freitas

uma bicha adoentada tomando remédios dizendo
'estou adoentada'
uma bicha asiática olhinhos puxados estudando alemão
uma bicha bêbada ficando até o fim da festa o fim da boate
uma bicha carregando livros na biblioteca às 7h46
uma bicha dando aulas de direção para jovens motoristas
uma bicha de shorts curto e regata calor e óculos de sol
uma bicha de vestido de couro cabelo raspado chupando
um picolé
uma bicha escritora bem conturbada escrevendo romances
uma bicha fazendo os pontos do corte de alguém que se
cortou
uma bicha finíssima falando sete línguas em sete países
uma bicha garoto de programa limpando a casa
passando café
uma bicha gorda bailarina ensaiando os passos se alongando
uma bicha gritando "me espera" para a amiga do outro lado
da rua
uma bicha maconheira encostada na parede revistada na
parede
uma bicha modelo de dieta com abdominais feitos em dia
uma bicha motoboy desviando dos espelhos retrovisores
uma bicha na água salgada dizendo "o mar tá uma delícia"

uma bicha na coxia esperando a hora relembrando o texto
uma bicha no almoço de domingo família e farofa de banana
uma bicha no bar tomando uma cerveja no bar
no meio da tarde
uma bicha no escritório gravata apertada chá europeu
na mesa
uma bicha no ponto de ônibus esperando seu ônibus
às 23h11
uma bicha periférica três horas de deslocamento até o centro
uma bicha prefeita fazendo coisas de prefeita sendo prefeita
uma bicha preta um turbante cores coloridas brinco grande
uma bicha religiosa ave maria meu deus minha
nossa senhora
uma bicha roubando chocolates nas lojas americanas
uma bicha ruim bem maldosa bem metida bem nervosa
uma bicha pai sendo chamada de pai casada com outro pai
uma bicha eu

dessas bichas nenhuma delas pedindo sua permissão
dessas bichas nenhuma delas pedindo sua autorização
dessas bichas nenhuma delas pedindo sua aprovação
dessas bichas nenhuma delas quer saber sua opinião

IV

o que faremos com ele

*

uma coisa você precisa saber
podemos estar nus quando deus voltar
se deus voltar
podemos recebê-lo de quatro
podemos beijar a boca de deus
podemos até encostar a ponta dos
dedos naquilo que nos parecer
suficientemente bom agradável e
gostoso
podemos manter deus refém de nossas
carícias
podemos fazer deus gozar
podemos ler a ele todas as poesias que
guardamos escondidas nas primeiras
gavetas embaixo das roupas íntimas
que não nos deixaram usar
podemos contar a deus todas as vezes
que dormimos sentindo dor embaixo
das pálpebras da língua da nuca dos
calcanhares e dos rins
podemos dizer a deus como é que se
faz para correr

podemos ensinar deus a fugir das
pedradas
podemos ensinar a deus as técnicas
que desenvolvemos para nos manter
vivos
podemos dizer a deus o gosto que tem
o sangue quando chega na boca
depois de abertos todos os orifícios
podemos acariciar os cabelos de deus
e contar a ele a sensação de uma
tesoura que rápida e violenta nos deixa
quadrados e masculinos
podemos dizer a deus como é que se
faz para diminuir o roxo da pele do
braço da pele do peito da pele do rosto
podemos dizer a deus como é que se
faz para sair sem pagar as contas
nós podemos relatar a deus a infinita
lista de nomes que não nos pertencem
mas insistem em nos dar
nós podemos dizer a deus como se faz
a chuca
nós podemos apresentar deus à polícia
aos políticos e aos pastores
podemos dizer a deus como é que se
vive no centro esquecido de uma
cidade de um país emergente no calor
dos quarenta graus no frio tropical nós
podemos contar a deus como é que se

vive por aqui
nós podemos ilustrar a deus a nossa
árvore genealógica sem usar a palavra
pecado
nós podemos contar a deus os nomes
dos nossos amores os antigos e os
atuais descrevê-los sem pudor e
vergonha
podemos dizer a deus como é simples
o nosso sentimento
podemos dizer a deus como nosso
tesão nossas noites de amor nossos
gritos e gemidos são banais
podemos mostrar a deus como ficamos
felizes em acordar mais um dia voltar
intactos da padaria
podemos ensinar deus a fazer uma
carteira de trabalho
podemos bolar o baseado pôr a mesa
arrumar a cama
podemos falar bobagens para deus dar
um passeio com ele andar de mãos
dadas
podemos brigar com deus acusá-lo de
não entender os nossos ímpetos e nem
as nossas limitações
podemos pedir explicações a deus
podemos fazer deus assistir a todos os
filmes hollywoodianos em cartaz

podemos levar deus até a periferia
podemos fazer com que deus lave a
louça
podemos fazer com que deus avise
nossas tias sobre o nosso atraso e que
vá a festas com os amigos que já não
amamos como antigamente
podemos dizer a deus como estamos
precisando de outras narrativas
podemos dizer a deus como já não
acreditamos em gênio messias e
salvador
nós podemos contar a deus como
estamos mobilizando e exercitando as
possibilidades de gêneros
classificações e conceitos
podemos mostrar a deus como
estamos nos livrando das práticas e
pensamentos colonizantes
nós podemos dizer a deus como
acreditamos no poder das palavras e
da linguagem
podemos perguntar se deus gostaria de
assinar as nossas petições online e se
deus integraria nosso coletivo artístico
podemos pedir para que deus nos leve
a sério e que depois ria do nosso humor
que também considera nossas próprias
indefinições e ausências

podemos ir à praia e dar um mergulho
com deus
podemos pedir que deus use o bom-ar
no banheiro depois de cagar
nós podemos pedir que deus tire os
sapatos ao entrar em nossos quartos
nós podemos esclarecer as dúvidas
sobre os limites da ficção sobre todas
as chatices e idiotices a ele atribuídas
durante todo esse tempo
podemos pedir para que deus fale mais
baixo e não atrapalhe a nossa
concentração
podemos perguntar se deus realmente
confia nos que falam em seu nome
podemos falar a deus sobre
marginalidade e resistência
nós podemos falar a deus sobre
resiliência
podemos lamentar com deus o
assassinato da democracia e os golpes
diários
podemos mostrar a deus a ternura
podemos ter uma crise de pânico com
deus ficar desequilibrados junto dele
nós podemos maquiar deus
acompanhar deus a uma boate
claustrofóbica
nós podemos levar deus a uma escola

ocupada
podemos falar a deus sobre a solidão
dos dissidentes dos dissonantes dos
discrepantes
podemos ler com deus nossos livros
favoritos e tecer comentários ácidos e
doces enquanto demonstramos paixão
e encantamento
nós podemos dar as costas para deus
podemos negar desde o início qualquer
contato
podemos fingir que não vimos deus e
atravessar a rua
podemos descobrir que deus é um
idiota depois de convivermos certo
tempo com ele
podemos dividir uma torta com deus
podemos dizer que a revolução ou vai
ser negra transfeminista ou não vai ser
nós podemos fazer selfies e manter
nossas redes sociais ativas com o rosto
de deus
podemos enviar áudios com cerca de
cinco minutos de duração para deus
caso ele tenha um smartphone com
whatsapp
nós podemos mostrar a deus como se
faz check-in no facebook
podemos dar conselhos a deus sobre

questões afetivas e sexuais
podemos dizer a deus que gritar fora
temer já não é somente sobre um
presidente golpista mas sobre essa
parte da história em que nos parece
inadmissível o temor
podemos ensinar gírias a deus
podemos dizer a deus que perdemos
todas as eleições esse ano mas que
não perdemos a possibilidade de fazer
escolhas diárias
nós podemos dizer a deus que fazemos
questão de permanecer juntos de dividir
espaços e tempos e afetos
podemos dizer a deus que estamos
exercitando a autocrítica
podemos pedir que ele faça o mesmo
nós podemos dizer a deus de repente
deus como você está chato vou fumar
um cigarro com licença
podemos também elogiar deus quando
nos parecer necessário
podemos inventar apelidos para deus e
também chamá-lo no diminutivo
nós podemos conversar com deus
sobre as fronteiras do mundo
podemos descobrir se deus sabe as
diferenças entre ação e fabricação
nós podemos fazer acordos com deus

nós podemos fazer com deus o que
quisermos contanto que ele também
queira
caso ele volte
uma coisa você precisa saber
nós olharemos fundo nos olhos de deus
até que ele se torne mais um
deus vai ser uma das várias pessoas a
quem olhamos profundamente
depois de um tempo já poderemos
esquecer de deus
depois de um tempo seguiremos
e deus vai ser só uma lembrança
daquelas que nos fazem duvidar da
memória
caso ele volte comemoraremos quando
já não soubermos a data em que ele
chegou e também comemoraremos o
fato de não mais o esperar
caso ele volte uma coisa você precisa
saber

recriaremos o ocidente
dessa vez sem deus
só para ver no que dá

V

cartografia do desaparecimento

*

entre uma cidade e outra
entre um espaço de ficção e um furacão
durante estágios crescentes de nulidades
no mar e no elevador
no universo paralelo e na saída de emergência
em uma profusão verborrágica e no sono profundo
nas páginas rabiscadas de mentira
entre a avenida central e o beco
na maior das banalidades do dia extraordinário
na dor mais perversa
na eternidade da memória perecível
entre o encontro fortuito e o desejo de dizer adeus
entre olhos que piscam e pés paralisados
no ímpeto da pausa e na contínua trajetória
na avidez da vingança e no amor marginal

também aí
transitório

*

e se eu te encontrasse hoje, eu talvez dissesse que os dezessete passos que separavam minha porta da sua sempre foram distância muito grande. que todas as narrativas usadas para me convencer de que o amor existia eram também o atestado de insuficiência. eu gostaria de ter tido tempo de me provar digno. eu gostaria de dizer que todas as coisas que me doem já tiveram ou vão ter o desenho do seu rosto. homem. provavelmente eu diria que eu ainda não sei o que é morrer, mas que tenho tentado descobrir há algum tempo. eu abriria os braços no campo aberto - eu acho que o nosso encontro deveria ser em um campo aberto - para te mostrar que até a minha fragilidade é tensa. estou agora pensando em você, como se espera. todas as vezes que eu vejo seus contornos, eles são preenchidos com a textura do tapete da entrada. o seu corpo ficou naquela casa. em nenhum outro lugar do mundo eu consigo te ver.
(a não ser em sonho, mas já faz muito tempo
a última vez)

*

azul quase-invernal eu te ensinei a diferença
entre invernal e infernal é só uma letra - a parte
do mundo que você chama de sua não é sobre
sentir-se em casa é antes sobre a qualidade dos
papéis fotográficos - pequenas coisas escapam
aos seus olhos e mesmo assim você discorre sobre
monumentos desimportantes - o combinado era mil
dias sem reclamação e o plano consistia em anotar
os sinônimos do amor - tudo foi dando errado tudo
foi se tornando outra coisa - não há problema em
não gostar dos números ímpares - o seu aniversário é
quinze mais quinze o meu é quatorze mais quatorze
mas há quem comemore sem poder dividir igual -
dois buracos tão enormes que não lembram nada
senão dois buracos que não lembram nada - não tem
'saudade' na sua terra mas tem quatro palavras que
significam 'vida' - eu ficaria bem na sua língua

*

e você, de repente, é inteiro san diego de alcalá, transformando pães em flores - não rezo, nunca vi deus e tampouco ele me viu. no lugar da oração sigo repetindo suas iniciais. eu canto para mim.

se venho do frio se posso dançar

aguarde o peso da minha cabeça te afundar o peito
espere que eu sonhe não saia daqui por enquanto sem
sol
o inverno jeito bruto faz notar que a minha cara bicho
do mato vai envelhecer tanto quanto a sua, homem do
mar
pegue a sua bagagem finja fazer um chá planeje uma
saída sem hostilidade me consulte o melhor roteiro do
abandono
faça uma cartografia do desaparecimento
já tem tempo que ninguém nos anseia
nem monstro nem planeta nem canção
salve o meu corpo hipotérmico não esqueça
de resgatá-lo nos buracos existentes na palavra
embriaguez na palavra rejeição e na palavra brasil
talvez com z
essa é a nossa segunda cidade segundo país e você
mente diz que foi só agora que a vaidade se tornou
egoísmo (era antes o que?)
ainda fujo dessa vez sem óculos de sol duas meias no
pé casaco cachecol
tudo marcando a casca
lã ressentimento e saudade

*

a amplitude se conquista, entendi. a vastidão é resultado de um gesto profundamente simples. nós já somos eternos. e às vezes dói. só se pode adentrar espaços vazios com coragem porque fica no interior dos passos a memória de outro tempo. quem sabe outra vida, quem sabe ontem. te explico: não se pode olhar o fundo dos olhos de outra pessoa sem que já tenham olhado pelos seus, talvez despretensiosamente, talvez com a intenção de guardar delicada e detalhadamente aquilo tudo - é bonito e importante sonhar com olhos iluminados. é bonito e importante se esses olhos forem de alguém cujo nome sabes pronunciar.

*

ainda estou apaixonada pela maneira com que
se pode levar a mão acima das cabeças
de quem amamos
ainda permaneço escutando a mastigação
dos dentes de
ouro do senhor robusto que tentou
 me enganar no troco
ainda estou parada no meio de toda aquela exaltação
brilhante e totalmente alheia aos meus espirros
ainda estou desconfiada de que eu não deveria reciclar
poemas mas prometo trabalhar nisso
quando for possível

o que posso te dizer agora
é que o fim do amortecimento gera sempre reescrita e
adesão de novas palavras
(porque são muitas as possibilidades quando é de
impaciência a energia principal)

*

me perdoe por não ter te visto, no início, por ter
escrito demais na distância e por ter te
arranhado a pele quando chegou
perdoe por não ter te tomado como horizonte possível
quando respirou deitado em minha frente
perdoe por não saber que a delinquência dorme
sempre tarde e que não vê os domingos
passarem, porque permanecem fechados os olhos
me perdoe por ter tentando alcançar o cerne do sono,
puxar os fios da fome, do amor e do dourado
desculpe por calçar os sapatos quando havia correntes
de água invadindo o quarto
me desculpe por ter te feito esperar os momentos
exatos e egoístas
desculpe pelas escaladas, infinitas, sem destino e pôr
do sol
desculpe os trajes impróprios ao verão, a minha busca
pelo frio
desculpe a facilidade com que desmancho os laços
cotidianos, os acordos silenciosos, a
ordem do ar
me desculpe por não fazer perguntas simples e, ainda
assim, prever o consentimento

é que eu não havia entendido a forma verbal o gênero
de pietá o nome do tecido a geografia oriental a
perfumaria mágica o cansaço de nicolàs
eu não sabia nada sobre a arqueologia do lugar em
que estão aterrados os seus pés
eu não sabia pôr de lado as flores e deitar nas pedras
quentes. disso eu não sabia.
eu não sabia forjar o riso inventar compreensão
neutralizar o rosto gozar para dentro.
eu não sabia ser fotografado nem o caminho dos
correios nem das ruínas de são jorge.

eu não sabia que a tradução
exige doses semelhantes de
ternura e precisão.

*

queria ter pedido desculpas por não dizer que marquei, sim, seu dia no meu calendário da tristeza, como antes já havia te marcado no calendário do amor, e isso faz de mim alguém que vai ver durante anos o seu rosto dentro do seu nome mesmo quando for outro, e isso faz do calendário um grande erro, como deveria ser
sempre uma confusão ler mais de três livros ao mesmo tempo, sempre um resto de qualquer coisa no desamor, no interior do olho da mentira, você me compra uma flor e eu não quero, digo «eu não quero» e você diz «não é isso".
uma despedida manca-fajuta-feia, eu ia falar, mas esqueci, fecho os olhos e aí lá vou eu intercalar sonho e trabalho e fome, dor nas costas, fugas embriagadas, lua para uivar, buraco para cair, um novo menino que disse querer me ouvir chorar os mesmos versos, acho que vamos namorar e ele não é você.
não quero mais, agora, entrar no seu mundo, discernir as feições dos amigos que são seus, não meus, eu não quero, me ouve, afundar, entontecer rio abaixo, esperar pelo que não vai acontecer, desgastar as minhas palavras, das quais cuido tanto, para que você as trate

com impaciência e rejeição, uma cara de sabido, bicho
prelúdio, de quem não dá a mínima para os exercícios
de sangue gozo e medo.
não vou, então, caminhar com você, que não esteve,
estará, estaria, está, estanco:
aqui eu paro de verter saudade e me concentro em
deslembrar,
que é sinônimo de esquecer.
(mas é distante e devagar)

VI

sem chaves de casa

- descobrir em mim os reais motivos do desconforto, não sou homem, me dói o amor ausente, falta muito para que os risos silenciem.

- animais: permitir a fuga, a soltura, as unhas, fazer sangrar bichos ruins, amar as bichas, não dar para o opressor (nem no escuro).

- evitar as quedas bruscas de pressão, não se apaixonar pelo poder, continuar respirando quando a poeira chegar nesse andar, não esquecer o saquinho de sal, não usar coleira.

- agora não sei se te amei ou se sofri as suas dores, eu gostaria que tudo fosse diferente, mas também gostaria de permanecer aqui, vou te telefonar quando irene me devolver o telefone que emprestei a ela, não se faça de morta que atravesso a linha telefônica e aí você vai ver.

- queria ter acordado e escrito um bilhetinho dizendo: já não estou aqui, não me procure, fui ruminar o rancor no exterior. mas não pude, não consegui. fiquei parado na porta e ao te ver abrir os olhos eu falei: bom dia, são 12h, quebrei o micro-ondas, fiz geleia de morango, ficou horrorosa, volte a dormir que é melhor.

- quando você me disse «isso não diz respeito a você, porque sou eu», eu gostaria de ter ouvido «isso diz respeito a você, porque sou eu", vou usar esse diálogo em uma peça, eu vou te enfiar na minha dramaturgia, vou te constranger, vai ser ótimo, quero te ver na primeira fila, não me chame de vingativo.

- aprenderei outra língua, transformarei o meu corpo, mudarei tudo o que conheço, te perseguirei até forjar um encontro casual e dizer em um português perfeito: «eu sou latino-americana, eu sou poderosíssima», e aí vou caminhar três quadras, você vai entortar o pescoço para me acompanhar, vai ficar sem ar e vai comprar água com gás e o gosto será horrível. gritarei: BEM FEITO, lá da quarta quadra.

- eu me declaro marido e mulher. eu me declaro o que eu quiser.

- recolher todas as lágrimas, não deixar com que nenhuma vá ao chão. a imagem de um sapato pisando no choro que eu chorei tem me atormentado, o seu rosto ainda é de árabe antigo, ainda não redistribuímos a violência, a fragilidade branca vai atingindo níveis assustadores, durante a insônia eu acho que é um poste o abajour, temo acordar na calçada outra vez, chame um táxi que estou com enxaqueca.

- como permanecer viva sem ter a energia vital atacada ela me perguntou, vestida de princesa, ser atriz é muito difícil, me disse, antes de animar as crianças de uma festa, minhas amigas vão se mudar para o brooklyn, que é o nome de uma república no centro da cidade para jovens universitárias que já saíram da universidade há mais de 10 anos.

- o avô do avô do seu avô já sabia que você viria ao mundo para ser um idiota, prove que ele está errado, mas prove longe de mim, que outros já chegaram primeiro, obrigado.

- o mais estranho é que estou sem usar palavras chulas há um mês e mesmo assim não me passa a amigdalite, terei de usar drogas e falar todas as palavras chulas que guardei na garganta, todas de uma só vez.

- estou criando um mapa, escute bem, que revela todas as várias saídas secretas que eu inventei para mim nessa cidade, por enquanto tem apenas uma, a minha janela, mas estou trabalhando nisso, aceito indicações.

- passar tinta no rosto e depois esfregar em uma tela, repetir isso várias vezes, na abertura da exposição dizer: sinto que esses quadros carregam muito da minha face mais recente.

- usar apontadores de lápis nos dedos e dizer para todos "NÃO SE APROXIMEM, NÃO SE APROXIMEM".

- não conte mentiras para mim, vá ao petshop mais próximo e grite meu cão morreu meu cão morreu meu cão morreu e depois diga ele não ressuscitou, qual remédio devo tomar. aguarde, saia de lá com um novo animal e o chame de teobaldo.

- as semanas meses e vidas tem passado muito rápido por isso estou andando devagar, é o passo do jabuti, aprendi em uma aula de marketing, que estou fazendo para saber como melhor vender meus biscoitos amanteigados feitos sem manteiga mas com amor.

- se você não me ama não posso te amar e se você me detesta eu não sei a resposta, procure nesse boleto bancário enquanto o paga, isso não é um favor, isso é um sinal de esclarecimento, depois explico traga o comprovante.

- o que eu disse foi isso, exatamente, não lutarei com golpes, usarei as palavras, ele não me respondeu, eu também nem queria,

- ela é fã da adriana calcanhotto, anda pelo mundo prestando atenção em cores que eu não sei o nome, etc. foi ao show e se decepcionou, apareceu na minha casa para reclamar. olhe, francamente, eu não tenho nada a ver com isso. ela deveria ter ido ao camarim e ter dito: adriana, estou decepcionada. eu nem sei o e-mail dela, o que eu poderia fazer, pergunto.

- ah, por favor, não me fale sobre heterossexualidade, me ofereça cinco reais, me dê um pendrive de presente, me leve para um piquenique no pôr-do-sol, mas não me fale sobre heterossexuais, estou adoecendo, não vê? insensível.

- vamos fazer um filme. ele será gravado pelo buraco da fechadura do meu guardaroupas. lá dentro, as camisas vermelhas convencem todas as outras roupas a nunca mais saírem de lá. esse é o mote, não sei mais nada, você faz o roteiro, usa os cabos, maneja câmeras, isso tudo, eu acompanho as gravações, ofereço café, pergunto se querem bolo e pronto. também escolho o título acho importante deixar isso posto.

- não acredite na ordem natural das coisas, isso nem existe, biologia, isso, ordem não é natural, natural é outra coisa, natural é o caos, meu amor, é a coisa toda incendiada, ai bebi demais, onde foi parar a minha, casa não restaram nem as chaves, nos vemos amanhã, que eu estou vivo, está no silencioso.

VII

dramaturgia do mundo

tanta coisa depende de quantos
passos você consegue dar
depois de cruzar
linhas imaginárias

VIII

depois do fim

espécie de promessa, começo de outra coisa. ensaio
desesperado, esboço ofegante, rascunho nervoso,
convite exaltado. implosão.
haverá festa com o que restar.

_ 1ª edição
_ Junho de 2018